LE VALLESPIR

ET

NOTRE-DAME DU CORAL.

PERPIGNAN.

IMPRIMERIE DE J. B. ALZINE,

Rue des Trois-Rois, 1.

1862.

LE VALLESPIR

ET

NOTRE-DAME DU CORAL.

..... Et dulcis, moriens, reminiscitur Argos.

(Virg. *En.*)

PERPIGNAN.

IMPRIMERIE DE J. B. ALZINE,

Rue des Trois-Rois, 1.

1862.

A MONSIEUR PARÈS MATHEU,

JUGE DE PAIX A PRATS-DE-MOLLÓ.

Permettez-moi de vous dédier mon petit poëme du Haut-Vallespir.

Nés de la foi et de l'amour de mon pays, mes pauvres vers, s'ils sont lus, ne devront l'honneur de la lecture qu'à cette double et sainte paternité.

Les habitants de notre cher Roussillon sont éminemment catholiques et passionnés pour les lieux qui les ont vu naître; leur cœur sera donc pour moi, si leur esprit est contre mes vers.

Ceux qui ont eu le bonheur de ne jamais quitter les sanctuaires où ils apprirent leur croyance, et les riches vallées où s'écoulèrent leurs premiers ans, comprendront les regrets d'une âme arrachée par la fortune adverse aux douceurs de la patrie.

C'est autant à cette indulgence présumée de mes compatriotes, qu'en votre honorable patronage, que je puise la hardiesse de livrer à la publicité des vers qui n'auraient pas dû affronter la lumière.

Je vous les offre, mon cher Oncle, comme un faible témoignage de mon respectueux attachement.

ALPHONSE BLANC,
Capitaine en retraite.

LE VALLESPIR [1]

ET

NOTRE-DAME DU CORAL.

MA VALLÉE.

I.

Chargé de maux plus encor que d'années,
Je vois toujours aussi doux, aussi beau,
Ce PRATS si cher, auquel les Pyrénées
Ont fait un nid d'un pli de leur manteau.
Pour visiter cette vallée heureuse,
Suivons, ami, la route tortueuse
Par nos aïeux arrachée au granit.
Voyez ces rocs suspendus sur nos têtes !
Entendez-vous comme un bruit de tempêtes ?
C'est le torrent qui sous nos pieds bondit.
A chaque pas la gorge se resserre ;
Et ces deux monts, en se donnant les mains,
Se sont dressés, gigantesque barrière,
Insurmontable à tous les pas humains.

Il est heureux qu'en rapprochant leur masse,
Ils aient laissé tout juste assez d'espace
Pour le torrent et pour notre sentier.
Tournez cet angle, et, pèlerin fidèle,
Inclinez-vous devant cette chapelle
De saint Éloi patron du muletier. (2)
Des deux géants les grands bras se détendent;
Nous avançons, et nos regards descendent
Sur un bassin qu'inonde le soleil.
Il a l'aspect d'une conque marine;
De pics neigeux la chaîne le domine
En lui donnant un éclat sans pareil.
Leur cône aigu semble percer les nues;
Des flancs aux pieds, des forêts chevelues
Répandent l'ombre, et dans leur sein glacé
Donnent naissance aux sources inconnues,
Qui, de rocher en rocher descendues,
S'en vont grossir le Tech au cours pressé, (3)
Le Tech, terrible en ses jours de colère,
Et qui, sorti du sein d'un vieux glacier,
A mérité des gens de basse terre
Le nom fameux de rude justicier. (4)
C'est *Canigou, Costabonne* sa fille;
C'est *Grenerols*, pointu comme une aiguille;
C'est *Treitze-Bens,* qu'Aquilon fait gémir. (5)
Bien plus bas qu'eux, sentinelle isolée,
Depuis mille ans regardant la Vallée,
Sur son piton veille la Tour du *Mir.* (6)
C'est de leurs flancs que sortent les orages,
Quand leur sommet se couvre de nuages,
Le vallon prend un aspect imposant;

De lourds brouillards la couronne bleuâtre
Donne aux objets une teinte grisâtre ;
L'air devient rare ; il est chaud et pesant ;
Un grondement roule dans l'étendue ;
Un éclair brille et déchire la nue,
Il est suivi d'un affreux craquement ;
On croit toucher au suprême moment
Que l'Écriture a prédit à la terre ;
Tous les échos répètent le tonnerre ;
Le laboureur fait rentrer son troupeau,
Place son cierge auprès du saint rameau ;
De mille feux chaque mont s'illumine ;
L'ouragan tombe, et la forêt s'incline ;
Et l'esprit fort, par la crainte envahi,
Croit en ce jour au Dieu du Sinaï.
Mais aujourd'hui, ces pères des tempêtes
Ont revêtu leurs beaux habits de fêtes ;
Leur manteau blanc, sous le soleil de juin,
Est nuancé de pourpre et de carmin.

II.

La voilà donc devant nous déroulée,
Cette riante et tranquille vallée !
Je reconnais ces champs et ces coteaux ;
Je sais le nom de ces maisons champêtres ;
Je fus jadis compagnon de leurs maîtres.
Ils ont vieilli dans d'innocents travaux ;
L'obscurité de cette paix profonde
Les abrita des orages du monde,
Dont j'ai souvent éprouvé la fureur ;
Ils ont gardé la jeunesse du cœur.

Leurs derniers jours seront remplis de charmes;
Ils ont encor le champ de leurs aïeux,
Tandis que moi je n'ai plus sous les cieux
Que mes regrets, mes soupirs et mes larmes!!!

. . . .

Que j'aime à voir ces bois de châtaignier,
Et dans les prés, l'onde toujours limpide
De ces ruisseaux, à la course rapide,
Où, tout enfant, j'aimais à me baigner!
J'ai bien souvent osé lever la dîme
De ces pommiers que, d'ici vous voyez
Sous leur fardeau si richement ployés.
Des conquérants pratiquant la maxime,
Je m'emparais de leurs fruits les plus beaux.
De mes habits j'ai laissé des lambeaux
Aux mûriers verts qui dessinent ces haies,
A ces noyers, à ces grands cerisiers,
Partout enfin, jusqu'à ces aliziers
Dont, en hiver, j'aimais les noires baies.
Cette saison offre plus d'un plaisir,
Et dans mon cœur, je garde le désir
D'avoir encor ma place à la veillée
Où, des enfants l'oreille émerveillée,
Est tout entière aux récits effrayants
Des enchanteurs, des loups, des revenants
Que leur raconte une vieille fileuse.
De ses lueurs la lampe travailleuse
Semble ajouter au charme du récit,
Et l'on écoute encor quand tout est dit.
Du *Galliner,* ô grotte solitaire! (7)
Vous qui gardez le terrible mystère

De la sorcière et du grand enchanteur !
Moine en granit prêchant sur la hauteur ! (8)
Rochers tout nus dont les cîmes sauvages
Laissent glisser et fumer les nuages ;
Vous dont le cône en prismes partagé,
Est par les eaux et la mousse rongé !
Vous tous, couverts d'humides capillaires,
De liserons timides et de lierres,
Des souvenirs rendez-moi le trésor
Et de l'enfance ouvrez le livre d'or ! ! !

III.

Là-haut, le Fort, dont les remparts solides
Pour garnison comptent trois invalides
Qui, tous les ans, font parler le canon
Pour annoncer qu'on célèbre la fête
D'un potentat dont nul ne s'inquiète,
Et dont beaucoup ne savent pas le nom.
Au pied du Fort, voyez d'ici l'Église
Sur le coteau comme une reine assise,
Et son clocher tout brillant au soleil.
Fi de l'ardoise à la couleur ternie !
De beaux carreaux à surface vernie
Ont tout l'éclat d'un dôme de vermeil.
Vous êtes sœurs, et de plus sœurs jumelles,
Cloches de Prats que je trouve si belles !
Au temps jadis un généreux parrain
De tous ses noms décora votre airain ;
Mais, dites-moi : qui donc vous a dotées
De sons si doux ?... Par qui furent notées
Votre harmonie et vos touchantes voix ?

Du cœur humain mélodieuse image,
Suivant les jours vous changez de langage
Comme un clavier docile sous nos doigts !
Je vis le Nord, et là je pus entendre
Ces carillons tant vantés de la Flandre :
D'un vrai chagrin mon âme se navra
En écoutant leur triste mécanique
Psalmodier d'une voix pulmonique
Depuis cent ans le même air d'Opéra.
Laissons au Nord son luxe de sonnettes,
Qu'il en savoure à son gré la douceur !
Que j'aime mieux entendre au jour des fêtes,
Sous le poignet d'un vigoureux sonneur,
Parler l'airain de nos deux grandes cloches !
Soit que, chantant doubles et tribles croches,
Leur voix légère annonce le bonheur ;
Soit que, dans l'air lentement balancées,
Leur rhythme grave élève nos pensées
Et nous appelle au Temple du Seigneur.
Quand sur le val un jour de fête brille,
Le ton majeur lance gaîment son *trille ;*
Mais, quand mêlée aux sifflements du Nord
Leur voix nous dit qu'un frère nous est mort,
Comme un sanglot la note alors brisée
Gémit au loin triste et bémolisée ;
Et notre cœur écoutant ces concerts,
Vole emporté dans le vague des airs.
Tout au-dessous, la ville ramassée
Par un danger se voyant menacée,
Vers les lieux saints lève aussitôt les yeux ;
Et cette Église abritant les fidèles,

Semble un oiseau qui cache sous ses aîles
Le nid qui craint l'inclémence des cieux.

IV.

Ville de Prats, triste, noire, enfumée, (9)
De ton enfant tu n'es que plus aimée !
De tes chagrins, va, j'ai ma bonne part,
Et je maudis celui qui te torture
En t'étouffant dans l'étroite ceinture
D'un inutile et stupide rempart.
Tous ces travaux, ces dépenses stériles
N'eussent-ils pas été bien plus utiles
En nous donnant une route et des Ponts
Qui, centuplant la force et la vitesse,
Nous permettraient d'exhumer la richesse
Que Dieu plaça dans les flancs de nos monts ?
Mais, cependant, devons-nous tant nous plaindre
Et déplorer notre bannissement ?
Il est des maux qui sont bien plus à craindre :
La propagande et l'envahissement
Des nouveautés et des folles doctrines
Qui dans les mœurs creusent d'horribles mines.
O mon pays, prends garde au ver rongeur !
Sauve ta paix sous ta sainte ignorance,
Crains des savants la verbeuse éloquence,
Et le ballot du commis voyageur !
Car, ce que j'aime en toi, c'est ta foi vive,
De ton esprit la pauvreté native
Dont souriraient certes les esprits forts.
Ah ! laisse là leurs froides théories ;
Garde pour toi tes croyances chéries,

Ta piété, ton respect pour les morts!
Tes montagnards, d'ordonnances nombreuses,
Connaissent peu les formes ténébreuses;
Mais chacun d'eux est soumis à la loi
Par Jésus-Christ donnée à ses apôtres :
Adorer Dieu, souhaiter pour les autres
Ce qu'on souhaite et que l'on veut pour soi:
Comme à sa Mère obéir à l'Église;
Envers sa femme avoir la foi promise;
Être bon père ainsi qu'on fut bon fils.

 Aussi jamais pour quelques vains profits
Ne les voit-on profaner le dimanche.
Au temps Pascal, chacun d'entre eux épanche
Son âme entière au sein du confesseur,
De ses secrets indulgent possesseur.
Ah! tes vertus valent bien la science!
Tu vis en paix avec ta conscience;
Et l'huis placé pour fermer ta maison,
Cet huis, toujours ouvert à l'indigence,
Pour toi n'est pas un moyen de défense,
Mais un abri contre l'âpre saison.
 Conserve bien tes naïves pratiques,
Tes chants si doux, tes coutumes antiques,
De tes aïeux héritage moral;
Et laisse-moi prendre aujourd'hui la file
Des pèlerins qui vont loin de la ville
Pour implorer la Vierge du Coral!!!

NOTRE-DAME DU CORAL.

De la Cort celestial
Gloriosa emperadora,
Valeunos, Nostra Senyora,
Mare de Deu del Coral.
(Goigs).

I.

Tout le pays entre Prats et l'Espagne
Est divisé par groupes inégaux,
Qui ne sont pas, il est vrai, la montagne,
Mais qui pourtant, sont plus que des coteaux.
De frais vallons, des ravins les séparent.
Nés sur leurs flancs, mille ruisseaux s'égarent
Et vont grossir l'impétueux torrent,
Qu'on voit là-bas, s'enfuir tout en grondant.
Tous ces coteaux couverts de champs de seigle,
De sarrasin, de maïs, de guérêts;
Entrecoupés d'yeuses, de genêts,
Vus des hauteurs où se balance l'aigle,
Apparaîtraient aux yeux du spectateur
Comme les flots de la mer en fureur,
Lorsque les vents soulèvent les orages.
Dans ce pays tourmenté par les âges,
Il est un site où s'arrêtent mes yeux,
Séjour de paix à mon cœur précieux.
C'est là le cap où se brise le monde,
L'asile sûr que cherche le malheur;

C'est là le port ouvert à la douleur ;
C'est là le phare étincelant sur l'onde
Rochers, vallons, mon cœur est plein de vous,
Et je ressens, solitude chérie,
Le souvenir si profond et si doux
Que vous laissez à toute âme attendrie !
Ce lieu si cher offre un plateau charmant ;
Un clair ruisseau serpente mollement
Baignant ses pieds que son parcours embrasse,
Tandis qu'ailleurs, s'élançant dans l'espace
En cataracte écume un noir torrent ;
Puis tous les deux n'ont qu'un même courant.
Sur le sommet, un tapis de verdure
Tout émaillé de fleurs, et, pour bordure,
Des peupliers, des frênes, des ormeaux
Entrelaçant leurs bienfaisants rameaux,
Et prodiguant la fraîcheur de leur ombre
Aux voyageurs, aux pèlerins sans nombre,
Venus ici des villes, des hameaux,
Pour y trouver un remède à leurs maux.
Entendez-vous là-bas ce doux murmure ?
C'est la fontaine et si fraîche et si pure
Offrant son onde à chaque visiteur.
Vous, qui venez de gravir la hauteur,
Vous, pèlerins, fatigués de la course,
Ne craignez pas de laver à sa source
Vos pieds meurtris au sentier tortueux ;
Buvez cette onde ; elle est intarissable
Comme l'amour de la Vierge adorable
Que vous venez honorer en ces lieux.
Rois des forêts qui partout l'avoisinent,

Des chênes-verts à l'entour la dominent,
Couvrant ainsi ces lieux déjà si frais
Du dôme noir de leur feuillage épais,
Et présentant avec leur tronc antique
L'aspect riant d'un agreste portique.
C'est de leur pied que la fontaine sort.
Vous la voyez qui jaillit et se tord,
Coulant le long du tissu des racines
Qu'elle transforme en fibres cristallines,
De là tombant sur un lit rocailleux,
Pour fuir ensuite en flots silencieux.

II.

Dans ce désert s'élève une chapelle;
Allons prier!... cette voix qui m'appelle
C'est un attrait, un nœud mystérieux
Qui nous unit à ce qui vient des cieux.
Des murs épais d'une structure antique,
De lourds arceaux à la forme gothique,
Un clocheton surmonté d'une croix
Et dépassant à grand peine les toits,
Voilà la masse... En franchissant l'enceinte,
Nous nous trouvons devant la porte sainte.
Ici, déjà, je sens battre mon cœur;
Le monde fuit et le ciel est vainqueur.
Est-il un lieu plus propre à la prière?
Ce calme saint, cette douce lumière,
Ces murs ornés de leur simple blancheur;
Tout dans notre âme excite la ferveur.
De notre foi le naïf témoignage,
A nos respects s'est transmis d'âge en âge.

Là, d'un miracle, un primitif tableau,
Redit l'histoire; ici, c'est un vaisseau
Que d'un marin donna la main pieuse;
Les souvenirs de promptes guérisons
Montrent partout la foi religieuse,
Dont nos aïeux laissèrent les leçons.

III.

Tout au-dessus du brillant sanctuaire
Est un asile entouré de mystère.
Un jour très-doux, timide, velouté,
Semble inviter notre âme à la prière,
Et du Très-Haut voiler la Majesté.
C'est là qu'on voit l'image de Marie,
Reine du Ciel, notre Mère chérie!
Son port est noble et son air triomphant;
Sa main bénit la foule qui s'incline;
Son bras croisé sur sa chaste poitrine
Avec amour tient le divin Enfant.
De beaux tissus, des robes précieuses
Couvrent son corps; ce sont des mains pieuses
Qui, de l'écrin ont fourni les bijoux :
Là le brocart et l'étoffe moirée,
Un voile ici, voile de mariée,
Qu'un jour ma mère offrit à deux genoux.
  Son beau regard plein de mansuétude,
Son front brillant de la béatitude,
Tout vous émeut; on croit ouïr sa voix
Disant à tous : « Venez, venez à moi !
« Des désolés je calme la souffrance;
« Au repentir je sais donner la paix;

« Au malheureux j'accorde l'espérance ;
« J'ai des pardons même pour les forfaits. »
Mais, dites-vous, quel est l'artiste habile
Par qui le bois, cette matière vile,
S'est animé si merveilleusement?
Nul ne le sait. — Cette image est l'offrande
Que Dieu nous fit miraculeusement,
Comme le dit la naïve légende.

LA STATUE.

I.

De Jésus-Christ c'était l'an douze-cents ;
(Pour l'esprit fort les chiffres sont puissants)
Comme aujourd'hui, c'était alors l'usage
Qu'en la saison propice au pâturage
Plusieurs troupeaux ensemble réunis
Aux soins d'un seul fussent toujours remis.
C'était ainsi que taureaux et génisses,
Des jours entiers savouraient les délices
De la feuillée et du gazon épais,
Qui s'étendaient sur ces mêmes vallées
Où nous tenons les saintes assemblées
Qui pour nos cœurs ont de si doux attraits.
Les bœufs paissaient dans le vallon paisible,
Et le berger, pour mieux les surveiller,

Passait les jours sous un vieux cornouiller
Au rude tronc au feuillage flexible.
Or il advint qu'un jour, un beau taureau
En arrivant au lieu du pâturage,
Comme saisi d'une soudaine rage
S'enfuit au loin, délaissant le troupeau,
Jusqu'à l'endroit où l'on voit la chapelle,
Et qui n'était alors qu'un dur rocher.
C'est vainement que le berger l'appelle;
Sourd, il attend qu'on le vienne chercher;
Même ce n'est qu'avec beaucoup de peine
Qu'il réussit à l'arracher d'un chêne
Auprès duquel il demeurait couché.
Cet incident parut fort ordinaire;
Aussi notre homme en fut-il peu touché.
Le lendemain survient la même affaire,
Et puis encore, et puis le jour suivant.
Quand la *Baquade* avec soin rassemblée (10)
Apparaissait au haut de la vallée,
Notre taureau mettant la tête au vent;
Peu soucieux d'herbes ou de ramée,
Accomplissait sa course accoutumée,
Dans les ravins, sur les rocs bondissant,
Remplissait l'air de son cri mugissant,
Puis se couchait contre le tronc du chêne.
Notre berger, peu patient, dit-on,
Accourt un jour, furieux, hors d'haleine,
Le bras armé d'un énorme bâton.
Sur l'animal il frappe fort et ferme;
Vous croyez tous que le taureau s'enfuit.
Il n'en fut rien. Planté là comme un terme,

Sans se défendre il gémit, il mugit;
La tête basse et les naseaux à terre,
Il jette au loin des torrents de poussière;
Ses quatre pieds creusent le sol pierreux,
Et, blanc d'écume, il paraît furieux.
Lors le berger voyant sa persistance,
Qu'ai-je gagné, dit-il, à me fâcher?
De la douceur essayons la puissance;
En vain;... de l'arbre il ne peut l'arracher.
 Notre pasteur (langage sacrilége)!
Se dit : Cet arbre est sous un sortilége,
Où bien son ombre abrite un crime affreux.
Il se rapproche, il observe, examine,
Et que voit-il? Providence divine!
Le chêne est vert; mais à son tronc noueux,
Le temps a fait de légères blessures.
En regardant par ces minces fissures,
Il aperçoit le visage bien doux,
Les bras, le corps d'une belle statue.
Il reconnaît la Vierge, et, l'âme émue,
Au pied du chêne il tombe à deux genoux.
Puis, rassemblant sa colonne champêtre,
En toute hâte il va trouver son maître.
En entendant ce récit merveilleux,
Le bon vieillard rend grâces aux cieux.
Le lendemain, quand le jour vint à naître,
Il réunit voisins, enfants, neveux,
Et tous ensemble allèrent reconnaître
La vérité du fait miraculeux.
Le berger seul, guidait la compagnie;
Car le taureau, sa mission finie,

Avait déjà pris sa place au troupeau,
Et sous un arbre il paissait près de l'eau.
 Nos voyageurs arrivés près du chêne
Regardent tous, et chacun voit sans peine
La sainte image apparue au berger.
Mais quelle main dans cette étroite enceinte
La fit entrer, et de sa rude étreinte,
Quel bras puissant pourra la dégager?
Il faut la hache. Alors avec courage,
Jeunes et vieux se mettent à l'ouvrage;
L'arbre se fend sous leurs coups vigoureux,
Et la statue apparaît à leurs yeux.
Sur cette terre à jamais consacrée
S'agenouillant, chacun d'entre eux pria,
En invoquant l'image vénérée
Et lui disant un *Ave Maria*.
Tout aussitôt, à la forêt voisine
Ils vont couper des arbres, des rameaux.
Ces paysans, architectes nouveaux,
Pressent leur œuvre, et bientôt se dessine
Sur la statue un temple pastoral.
Des troncs noueux à l'informe structure,
Des branches d'arbre, un dôme de verdure,
Tel fut, amis, le primitif Coral.
Avec le temps, la piété fidèle
A fait bâtir cette sainte chapelle
Qui dans ses murs nous revoit tous les ans.
La vérité de ces faits éclatants
Qui de Marie annoncent la puissance,
Remplit bientôt et l'Espagne et la France.
De tous les lieux, attirés vers nos monts,

Les pèlerins vinrent porter leurs dons
Avec leurs vœux sur cet autel modeste,
Où chaque jour de la grâce céleste
Le tout-puissant, attendri de nos maux,
Fait éclater des prodiges nouveaux.
De tout ces faits que garde la mémoire
Je ne veux point ici tracer l'histoire;
Ce serait long, Dieu les fit si nombreux!
J'en choisis un : c'est le premier d'entre eux.

LE MIRACLE.

I.

Jean Solana (l'histoire ainsi le nomme)
Était de Prats. C'était un grand jeune homme,
Comme berger conduisant le troupeau
D'une maison sise sur le coteau,
Et, qu'au pays, on appelait *Mirailles*.
Or, bien souvent son maître l'envoyait
Paître moutons et brebis aux broussailles
Que, de ce temps, encore l'on voyait
Où sont ces blés. Un jour vint un orage
Mêlé d'éclairs, de tonnerre et de vent,
Où pluie et grêle à l'envi faisaient rage;
Tel, en un mot, qu'on n'en voit pas souvent.
Sous les efforts de l'horrible tempête,

Notre berger courbe d'abord la tête ;
Puis résolu de gagner ses abris,
A droite, à gauche il cherche ses brebis.
Mais c'est en vain.—Effrayé par l'orage,
Tout son troupeau s'est au loin dispersé ;
Plus de brebis !—Alors perdant courage,
Il court, il vient et revient harassé ;
Il siffle, il jure ; enfin, hors de lui-même :
Dieu m'abandonne... O Satan ! viens à moi ;
Accours, dit-il, je n'ai d'espoir qu'en toi ! ! !
  A peine a-t-il proféré ce blasphême,
Qu'avec fracas la foudre brille aux cieux ;
Au même instant, se dressent à ses yeux
Deux cavaliers, comme sortis de terre.
  Triste est le lieu, sauvage et solitaire,
Noir leur cheval, noir aussi leur manteau
Brodé d'argent comme un drap de tombeau.
Leur feutre noir couvre leur tête sombre ;
Leur œil ardent étincelle dans l'ombre ;
Leur corps répand comme une odeur d'enfer.
  C'était Satan suivi de Lucifer,
Venus tous deux du fond de leur empire
A cet appel d'un coupable délire.
—Que me veus-tu ? dit Satan :—Mon troupeau.
—Que donnes-tu ?—Ce que j'ai de plus beau :
—Moi, corps et âme, et mon espoir suprême.
—C'est fait ; demain, ici, sur ce lieu même
Nous t'attendrons !—Le pacte était fini,
Et le troupeau se trouvait réuni.
Des cavaliers, de l'étrange prodige,
Il n'est plus rien, pas le moindre vestige.

Tout est silence au fond du sombre val.
Des trois acteurs de ce drame infernal,
Un seul restait.—Son âme était vendue.

II.

Depuis longtemps la nuit est descendue,
Et le berger n'est pas encor rentré;
Le maître donc de crainte pénétré,
Va le chercher, et le trouve à la place
Qu'on vient de voir, morne, la tête basse,
Les yeux hagards, et tout tremblant de peur.
Le bon vieillard, d'une voix indulgente,
Fait ses efforts pour chasser sa torpeur;
Mais sa raison, naguère intelligente,
Semble le fuir. On le mène à son lit;
Puis on lui passe un chapelet bénit
Autour du cou, sans pourtant qu'il s'en doute.
L'aube, en naissant, le montre sur la route
Menant tout droit au carrefour maudit
Où par l'enfer, le pacte fut écrit.
Il marche, il va comme un corps insensible,
Et tel que si quelque force invisible,
A son insu, malgré lui l'emportait.
Des cavaliers le couple l'attendait;
Sombres tous deux et le regard farouche;
Un rire amer faisait rider leur bouche.
    —Pour nos serments nous réclamons les tiens,
Lui dit Satan, Marche, tu m'appartiens!
Des deux côtés les cavaliers le prennent;
Il se débat : Vains efforts ! ils l'entraînent
Vers le torrent pour l'y précipiter.

L'infortuné tente de résister ;
Il se repent, il veut rompre son pacte ;
Mais sous ses pieds mugit la cataracte :
C'est fait de lui, quand au moment fatal,
Il crie enfin : O Vierge du Coral ! ! !

. . . .

III.

A ses regards notre Vierge divine
Paraît soudain. —Rayon venu des cieux,
Un nimbe d'or l'entoure et l'illumine,
Purifiant ainsi ces sombres lieux ;
Sa robe a pris à la voûte azurée
Son doux éclat ; mais plus brillant encor,
En plis flottants, de sa tête sacrée
Tombe un long voile ouvré de soie et d'or;
Comme toujours, cette divine Mère
Porte en ses bras son Éternel Enfant.
Ses yeux sont pleins d'une sainte colère ;
Elle s'avance, et, d'un ton menaçant :
—« Allez, maudits, retournez à vos flammes !
« Quittez ces lieux que gouverne ma loi !
« De ce pays je protége les âmes,
« Retirez-vous, cet enfant est à moi ! »
Lors, il se fit un grand bruit dans le gouffre ;
L'air un instant fut infecté de soufre,
Et les démons disparurent soudain.
La Vierge alors, d'un sourire bénin
Accompagnant sa céleste parole,
S'adresse à Jean, le calme et le console.
Elle le prend ensuite par la main,

Et, dans les airs se frayant un chemin,
Le fait entrer dans sa sainte chapelle,
Près de l'autel, bien que l'huis fût fermé.
—« Mon cher enfant, dit la Vierge immortelle,
« Par mon pouvoir l'enfer est désarmé.
« Au repentir tu vois que Dieu pardonne,
« Mais souviens-toi dans tes jours de douleur
« De n'invoquer que le saint nom qui donne
« La force au faible et la paix au malheur !
« Va, mon enfant, pars et sois-moi fidèle!!!»
En même temps elle ôtait de son cou
Un chapelet qu'il reçut à genou...
    Notre berger sortit de la chapelle
Le cœur rempli d'un saint enivrement,
Et dit à tous ce grand événement.
Il fut, depuis, fidèle à sa promesse;
Ne jura plus par l'esprit infernal,
Et tous les ans, il fit dire une messe
Pour honorer la Vierge du Coral. (11)

. . . .

Mais je reviens prendre place au cortége,
Qui, lentement, va par delà les monts
Porter ses vœux à celle qui protége
Les habitants de nos riants cantons.

LA PROCESSION.

I.

A peine l'aube éclaire la montagne,
Que, réveillant la ville et la campagne,
De son clocher notre airain matinal
A tout le monde a donné le signal.
  Abandonnant sa maison, sa cabane,
Chacun accourt grossir la caravane
Des pèlerins dont la dévotion
Doit embellir cette procession.
Ils partent donc. L'haleine printanière
D'un doux zéphyr, soufflant sur la bannière,
Comme un flot d'or fait onduler ses plis
Et du lévite agite le surplis.
Puis vient la croix que porte un bras robuste.
De la prière alors le chef auguste
Du chant sacré fait éclater les sons,
Et tout le chœur lui donne les répons.
  Plus tard, ce chœur se forme en double bande
Qui, tour-à-tour, de la vieille légende
Dans un chant grave invoque tous les saints.
Pour mieux charmer le long itinéraire,
Du chapelet parcourant tous les grains,
Les plus pieux récitent le rosaire;
Et les rochers, les vallons et les bois

Écoutent tous et répètent leurs voix
Qui vont frapper à la céleste voûte.
    L'air du matin a parfumé leur route ;
Se balançant sur le bord des ruisseaux,
Pour eux la fleur brille au bout des rameaux.
Pendant ce temps, de joyeuses volées
Font retentir l'écho de nos vallées,
Allant porter au pieux pèlerin
Les bons souhaits des deux chantres d'airain.
    Mais les coteaux se sont faits plus rapides,
Et dans la troupe il se forme des vides ;
Le pas devient plus lent, plus mesuré ;
On ne va plus en un groupe serré ;
Mais, se mettant l'un et l'autre à la file,
On forme alors un grand feston mobile.
    Voyez là-bas, loin de nous, distancés,
Deux pèlerins qui paraissent lassés ;
Leur marche est lente et leurs pas sont pénibles.
N'en doutons pas : ce sont deux cœurs sensibles
Qui, dans ce jour, remplissent quelques vœux.
Mais, est-ce un père, un époux malheureux
Qui, mariant la souffrance aux prières,
De leurs pieds nus ensanglantent les pierres ?
Ou des pécheurs dont le remords cruel
Par ces rigueurs veut obtenir du Ciel
De voir enfin ses terreurs allégées ?
Non, non, ce sont deux mères affligées .
L'une a son fils matelot ou soldat ;
L'autre a le sien mourant sur un grabat.
Les yeux remplis de larmes bien amères,
Elles ont dit au modèle des mères :

« Vierge, qui vis mourir ton doux Jésus,
« Sauve nos fils, et nous irons pieds nus
« A ton autel faire un pèlerinage ! ! ! »
Et c'est l'amour qui soutient leur courage ;
Ce saint amour dont Dieu plaça l'autel
Comme un foyer dans le cœur maternel.

II.

Mais nous touchons au haut de la colline
Qui sur la ville avec orgueil domine :
Amis, parents suivent nos étendards
Qu'un vent plus frais agite à leurs regards ;
Puis du *Cazals* nous trouvons le bois sombre,
Et le cortége arrêté sous son ombre,
Serre ses rangs pour marcher de nouveau
En serpentant sur le flanc du coteau.
Ses pieds, sur l'herbe à cette heure arrosée,
De beaux rubis dispersent la rosée,
Et, plus légers, foulent gaîment le sol.
 Nous voici donc arrivés à ce col
D'où le regard découvre la chapelle !
La croix s'arrête : on se groupe auprès d'elle.
Le cœur ému des pensers les plus doux,
Les pèlerins se mettent à genoux.
Ah ! ce spectacle eut pour moi bien des charmes,
Et de mon cœur fit monter bien des larmes,
Quand, le front nu, tout ce peuple entonna
D'un même élan le *Salve Regina !*
 Tels les croisés parvenus à la cime
Du mont fameux d'où se montre Solime,
Les fronts à terre et les cœurs dans le ciel.

Avec des pleurs adoraient l'Éternel.
Mais du Coral nous entendons la cloche
Disant à tous que le cortége approche,
Et souhaitant par ses sons argentins
La bienvenue aux fervents pèlerins.
Des voyageurs la troupe fatiguée,
Prend le sentier de la rude montée,
Dernier effort pour arriver au but.
Ainsi pour l'homme allant à son salut,
De durs cailloux la route est parsemée;
Si de la foi son âme n'est armée,
Un seul instant s'il cesse d'être fort,
Il échoûra lorsqu'il arrive au Port.

III.

Mais l'étendard franchit le saint portique;
La foule suit, et sous la nef antique,
Près de l'autel de la Reine des cieux,
Elle dépose et son cœur et ses vœux.
Le prêtre ensuite offre le sacrifice,
Fruit de l'amour, qui rend le ciel propice.
La piété, la prière, les chants
Dans ce lieu saint paraissent plus touchants.
Ayant calmé sa soif religieuse
La foule va, souriante et joyeuse,
Se rafraîchir dans le cristal des eaux,
Ou cherche l'ombre aux pieds des vieux ormeaux.
Bientôt après on s'assemble, on se groupe;
Sur le gazon s'installe chaque troupe;
La nappe brille et présente à foison
Les mets divers portés de la maison.

Ils sont grossiers; mais (il faut être juste),
Tels que les veut notre appétit robuste.
Le rire franc et les joyeux propos
Remplissent seuls ces heures de repos.
  Quand vient l'instant de partir pour la ville,
La cloche sonne et la troupe docile
Court à la Vierge adresser ses adieux:
L'on ouvre alors l'asile gracieux
Qui la renferme. Autour de la statue
Chacun circule et bien bas la salue,
Baisant les pieds de son divin Enfant.
  Mais notre chantre a, d'un ton triomphant,
De Notre-Dame entonné le cantique;
Et l'étendard quittant la basilique,
Suivi du prêtre a repris le chemin
Que nous avons parcouru ce matin.
Au même col la troupe encor s'arrête
Pour saluer de la dernière crête
Les lieux chéris qu'on vient de visiter.
Tel l'exilé que l'on force à quitter
Le toit, témoin des jours de son enfance,
Foulant du pied la dernière éminence,
Regarde encore, et, les larmes aux yeux,
A la patrie adresse ses adieux.
  Bientôt la cloche à toute la contrée
Des pèlerins annonce la rentrée;
Chacun accourt à l'appel de sa voix,
Et jusqu'au temple accompagne la croix.
Oui, ce Coral, cette pompe champêtre
Semblent encor à mes yeux apparaître!
  Vallon de Prats, ô fortuné séjour!

Je crois revoir ces beaux lieux, ces beaux jours
Où, me mêlant aux enfants du village,
J'accomplissais le saint pèlerinage.
Depuis longtemps je n'ai vu ce tableau,
Et ses couleurs dépassent mon pinceau.
Des souvenirs la douceur infinie
Suffira-t-elle à mon âme attendrie?
Depuis trente ans elle remplit mon cœur,
Et sa tristesse est pour moi du bonheur.
Ah! je le sens; ces regards en arrière
Ainsi jetés au bout de ma carrière,
Sont impuissants à calmer mes désirs.
Je veux encor éprouver ces plaisirs,
Dont s'enivrait autrefois ma jeunesse;
Je veux encor, avant que la vieillesse
Ait dans mon corps refroidi tout mon sang,
Au moins un jour aller prendre mon rang
Dans cette foule escortant la bannière
Qui du Coral lui montre le chemin,
Et soutenant le pas lourd de ma mère,
Suivre la croix en nous donnant la main.

FIN.

ÉCLAIRCISSEMENTS.

(1) Le Vallespir est la partie du département des Pyrénées-Orientales située sur les contreforts Sud du Canigou. N'ayant que peu de relations avec la plaine, le Vallespir a conservé son caractère primitif.

(2) Tous les transports se font à dos de mulet, et les muletiers ont pris saint Éloi pour leur patron.

(3) Le Tech prend sa source à 14 kilomètres de Prats ; coule de l'Ouest à l'Est, et après avoir traversé le Vallespir, entre dans la plaine et va se jeter dans la mer près de Collioure.

(4) Le Tech est si terrible en certaines saisons, que les habitants de la plaine l'ont surnommé le *Batlle de Prats*, c'est-à-dire le Justicier de Prats.

(5) Ces quatre pics sont les principaux de ceux qui ferment la vallée au Nord et à l'Ouest.

(6) Cette tour est une de celles qu'on trouve en grand nombre dans les Pyrénées. Elles datent, dit-on, de l'occupation sarrasine.

(7) Cette grotte est à 2 kilomètres de la ville, dans un ravin solitaire. L'aspect sauvage des lieux, les formes bizarres qu'elle affecte dans son intérieur, ont fait de cette grotte le sujet de cent contes qui impressionnent vivement les enfants.

(8) Sur l'arête d'une montagne qui domine la route de la Preste, on voit un fragment de rocher qui a la forme d'un prédicateur en chaire. Il est connu sous le nom de *Roc d'el Frare*, rocher du moine.

(9) Prats-de-Molló a été fortifié par Vauban. Le génie militaire s'était toujours opposé à la confection d'une route carrossable ; mais depuis que ces vers ont été écrits, les difficultés ont été levées, et cette route se fait.

(10) On donne le nom de *Baquade* à la réunion de plusieurs troupeaux. Il vient de *baque*, vache.

(11) L'auteur qui nous a transmis la légende du premier miracle de Notre-Dame du Coral, en avait recueilli lui-même les détails de la bouche de ceux qui en furent les témoins oculaires. C'étaient Michel Molí, fils du maître du berger ; Anne Boquéra, tante de Michel Molí, laquelle avait soixante-seize ans au moment du récit, et Marguerite Anglada, âgée de cinquante ans, belle-sœur du berger qui fut l'objet de la protection miraculeuse de la sainte Vierge.

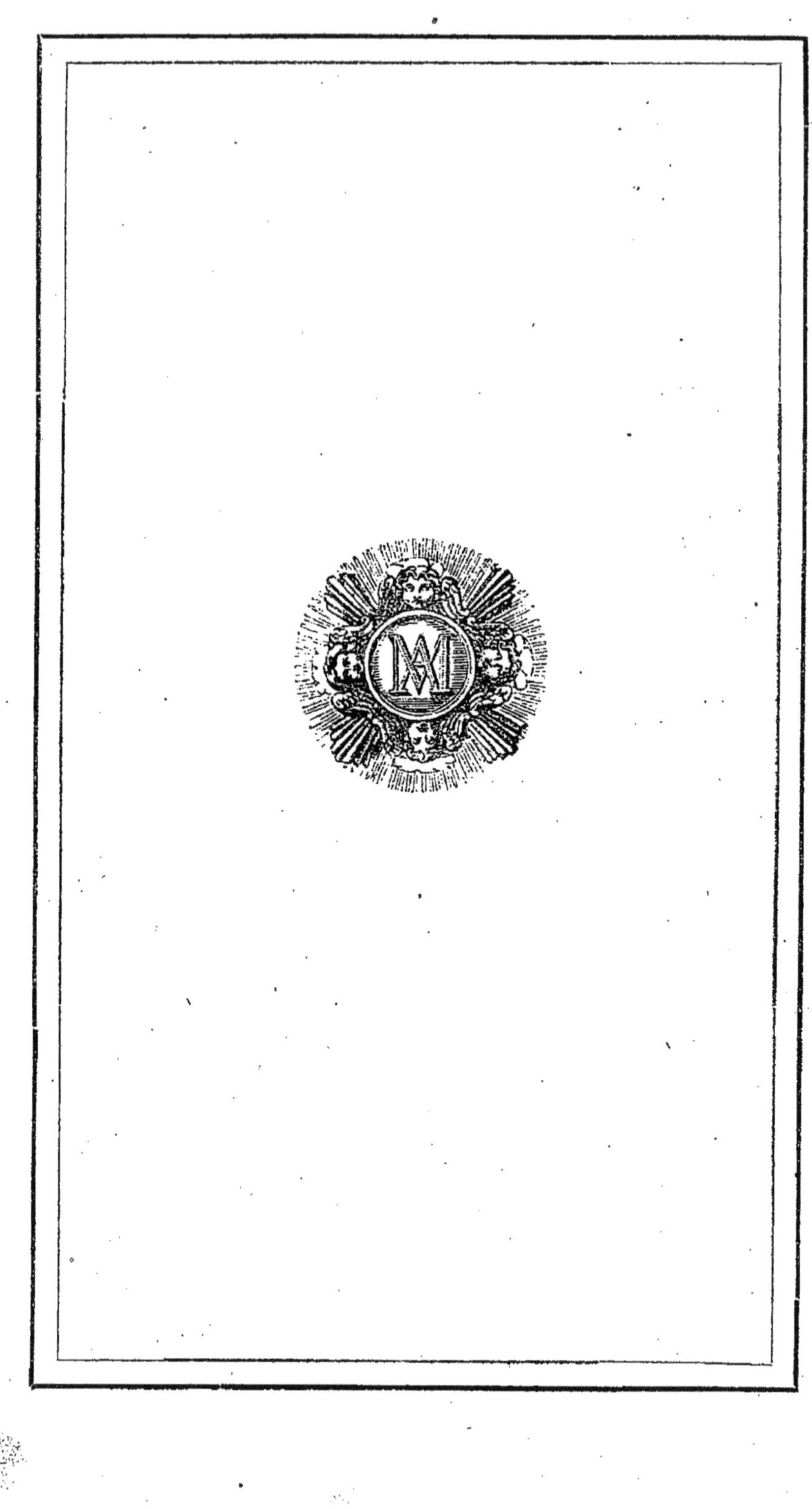

www.ingramcontent.com/pod-product-compliance
Ingram Content Group UK Ltd.
Pitfield, Milton Keynes, MK11 3LW, UK
UKHW020947220726
13924UKWH00002B/533